DEIX
NEUE ZEICHNUNGEN

ueberreuter
SACHBUCH

Dieses Buch …

… ist entstanden, um Ihnen zu zeigen, was mir noch alles so eingefallen ist im Lauf der Zeit. Ein sehr ehrliches Buch, weil ich gezeichnet habe, was alles an Unfug in meinem Kopf schlummert und nie fürs Publikum gedacht war. Private Skizzen sind deshalb was Feines, weil man nie daran denken muss, ob sie wer sieht und darüber gut oder schlecht redet. Besser geht's nicht.

Dennoch habe ich sie veröffentlicht, weil viele Leute der Meinung waren, es wäre interessant zu wissen, was dieser Deix außer seinen üblichen Bildern noch im Kopf hat. Ein Outing sozusagen, und Sie sind meine privilegierten Augen- und Lesezeugen.

Danke für Ihr Interesse,
Manfred Deix

Da war einmal ein
dicker Mann, der hatte
keine Hose an. Plötzlich
was da eine Katze und biss

Ode an Manfred Deix

Als Kind ist jeder ein Künstler. Die Schwierigkeit liegt darin, als Erwachsener einer zu bleiben.
Pablo Picasso

Künstler und Kind zu bleiben und nie erwachsen zu werden, ist für Manfred Deix immer eine Kleinigkeit gewesen – obwohl die Bezeichnung „Kind" in seinem Fall vielleicht ein bisschen zu ungenau ist: „Bub zu bleiben", müsste man wohl eher sagen, oder „dicker Bub mit kleinem Spatz", um ganz genau zu sein.

Ich hatte das seltene Privileg, schon in sehr frühen Jahren mit einem der großen Genies unseres Zeitalters zusammenzutreffen, und zwar 1965 in den dunklen Räumen der sogenannten „Höheren Graphischen Bundes-Lehr- und Versuchsanstalt", die sich damals in der Westbahnstraße im siebenten Wiener Gemeindebezirk befand. Es war eine denkwürdige, meine jugendliche Seele zutiefst erschütternde Begegnung, die mein Leben völlig verändern sollte.

Es war auch der Beginn eines eheähnlichen Verhältnisses, das ein ganzes Leben lang bestehen sollte, lange bevor gleichgeschlechtliche Ehen überhaupt erlaubt waren. Zugleich war es aber auch der Beginn einer wundersamen und abenteuerlichen Reise in die Welt der Beistriche, Zumpferln und Spätze, der Schase und der Schasaugen, der popschelnden Kleriker und der grimassierenden Samenspender, der gabelmachenden beleibten Hausfrauen und der erregten Kardinäle, die ihre Nasen tief in den Pöpsche fülliger Knaben steckten.

Wenn Michelangelo sagt, die größte Kunst sei „nichts als ein Schatten der göttlichen Perfektion", dann tritt Deix mit seiner Kunst den unerbittlichen Gegenbeweis an: Er zeigt uns, dass das Werk des Schöpfers nur so strotzt von Peinlichkeiten und Schnitzern. Gott sei Dank, muss man sagen, denn bei einem perfekten Gott hätten wir wenig zu lachen, und es war Deix, der uns zu der bedeutenden philosophischen Erkenntnis verholfen hat, dass die Schöpfung lächerlich und Gott der größte Humorist ist.

Aber Manfred war stets auch ein Suchender, ein Fragender, ein von unbändigem Forscherdrang erfüllter, nie rastender Geist, der den Dingen auf den Grund zu gehen trachtete. Und so war er schon in früher Jugend nach Wien gekommen, um all die Wunder und Geheimnisse dieser pulsierenden Metropole in sich aufzusaugen und vor allem das mit seinen eigenen Augen zu sehen, wonach seine kindliche Seele so lange gedürstet hatte: „Huren, Juden und Warme".

Er war ein Malstrom, der mich mit elementarer Gewalt aus meinem Ministrantendasein riss und in eine Welt der Abgründe stieß, der Leidenschaften, des Rausches und der Sünde. Mit ihm rannte ich viele Tage und Nächte ohne zu essen und zu ruhen mit blutenden Füßen von Venedig nach Wien, ich war Zeuge, als er Samson gleich, eine Wohnungstüre samt Türstock einriss, um Marietta, seine Geliebte, aus den Armen eines liebestrunkenen Schweizer Architekturstudenten zu befreien und ich sah ihn weinend vor den Beach Boys knien. In der behaarten Brust dieses berserkerhaften Mannes schlägt nämlich ein großes Herz, das neben den kalifornischen Musikern und den Frauen, jedoch vor allem den Tieren gehört.

Natürlich ist die Freundschaft mit solch einem Genie nicht ganz unproblematisch, weil es einem in dessen Nähe manchmal ganz schön warm werden kann, so wie dem Sohn des Daedalus, der der Sonne zu nahe gekommen war, und man muss aufpassen, dass einem das Wachs der Flügel nicht zu schmelzen beginnt. Denn dieser Deix ist eine Urgewalt, sein Zeichentalent hat nichts Menschliches mehr, er ist wie ein Tsunami, der über alle anderen Zeichner und Maler hinwegfegt und nichts als Verwüstung und Wehklagen hinterlässt. Nur jemand, der ihm einmal dabei zugesehen hat, wie er seinen Bleistift wie von selbst über das Papier tanzen lässt, und man das Unfassbare in einer geradezu frivolen Leichtigkeit und atemberaubenden Geschwindigkeit entstehen sieht, kann erahnen, wie zutiefst traumatisch dieses Erlebnis für einen heranwachsenden Adepten der Schönen Künste sein kann. Vor allem, wenn man sieht, wie das dicke Wunderkind bei diesem Schöpfungsakt selbst ganz überrascht und belustigt wirkt, so als sei es erstaunt über das, was es da unter seinen Händen heranwachsen sieht.

Ähnlich muss es einigen Sportlern 1960 in Rom bei den Olympischen Spielen ergangen sein, als sie sahen, wie ein unbekannter 18-jähriger Athlet aus Louisville, Kentucky mit dem Namen Cassius Clay im Ring zu tanzen begann. – Das war übrigens im selben Jahr, als Manfred, der rotwangige Sohn des Stuzl-Wirtes aus Böheimkirchen, seinen ersten Comicstrip für die Niederösterreichische Kirchenzeitung zeichnete.

So seltsam es klingen mag – diese beiden jungen Menschen hatten etwas gemeinsam: Sie waren Jahrhunderterscheinungen, die die Welt grundlegend verändern sollten – der eine die Welt des Boxsports, der andere die Welt der satirischen Zeichnung. Beide zeigten dem staunenden Erdkreis Kunststücke, die man bis dahin für völlig unmöglich gehalten hatte. Und beide flatterten wie die Schmetterlinge und stachen wie die Bienen.

Manfred Deix flattert und sticht immer noch – er ist der Muhammad Ali der zeichnerischen Künste.

Gottfried Helnwein

HILDE gestattet WOLFGANG
einen BLICK INS PARADIES
18.3 2013

Der Oberlippenkönig
von Oberösterreich

10. Mai $5^{\underline{45}}$ früh

Häuptling der Indianer

5. Juni 2013, 1 30 morgens

Frau Haubenstock und Mucki
29.3.013

Raucherflirt
15.5.2013 23 30

Beruhigender Blick in die Landschaft

18. Juni 3^20 früh 2014

Wenn aus Feindschaft
Freundschaft wird

16.5.2013 5^{45}

Bei Mama ist es
doch am Schönsten
26. April 2013

Mit dem Glied
soll man nicht
spielen.
9. Feb. 2014

FLIRT-BEOBACHTER
20. JULI 2013 — 15^{30}

Alles O.K.
Feb. 2014

HERRLI IST LIEB

26. April
22.00

KOSTPROBE
9. Mai 2013
21^{00}

Die heilige FRANZISKA
2013

Glücks-vogerl

9. Mai 2013

AUG IN AUG MIT DEM PARADIES

Kein Glückspilz

10. Mai 013, 8h30

OMAS LETZTER SPAZIERGANG

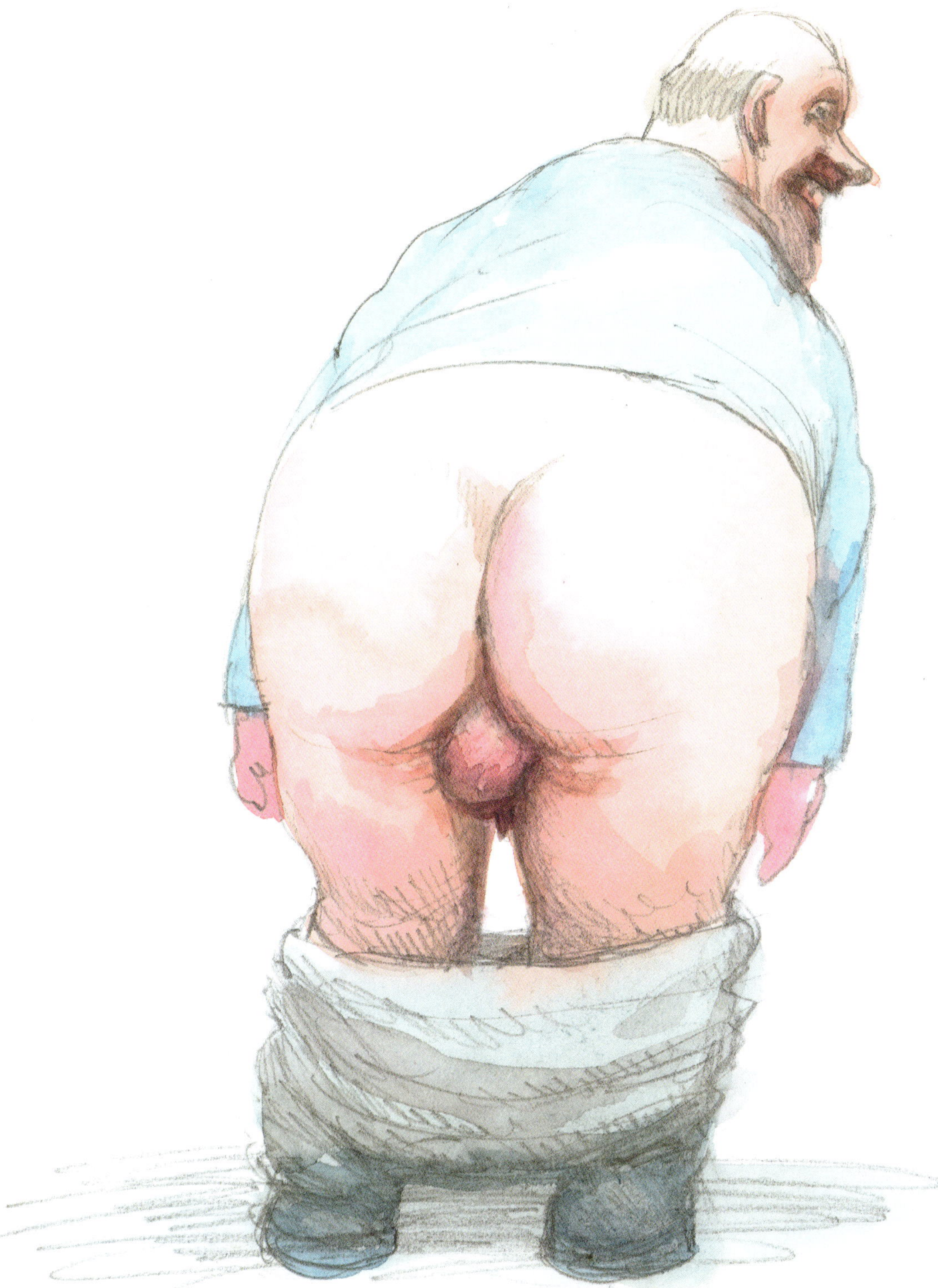

HODENSTOLZ

GABI
1935

Mann und
Mädchen
12. Mai 2013 1 30 früh

Mutter und ihre Lieblinge

15. Mai 2013 11h 10

STRAFE MUSS SEIN (es lebe des Kinnhaken)
15. Mai
15^{20}

Die gute Limonade
26. April 17h

Blonder Fischer
15.5.2013 22 30

Es lebe der Wein

1 15

Der falsche
Brustkrebs-Experte 20^{10}
29. Mai

Knapp vor dem
ersten Kuss

20. Mai 2013 430

Langhals-EGON mit dem schönsten Hemd der Welt
5. Juni

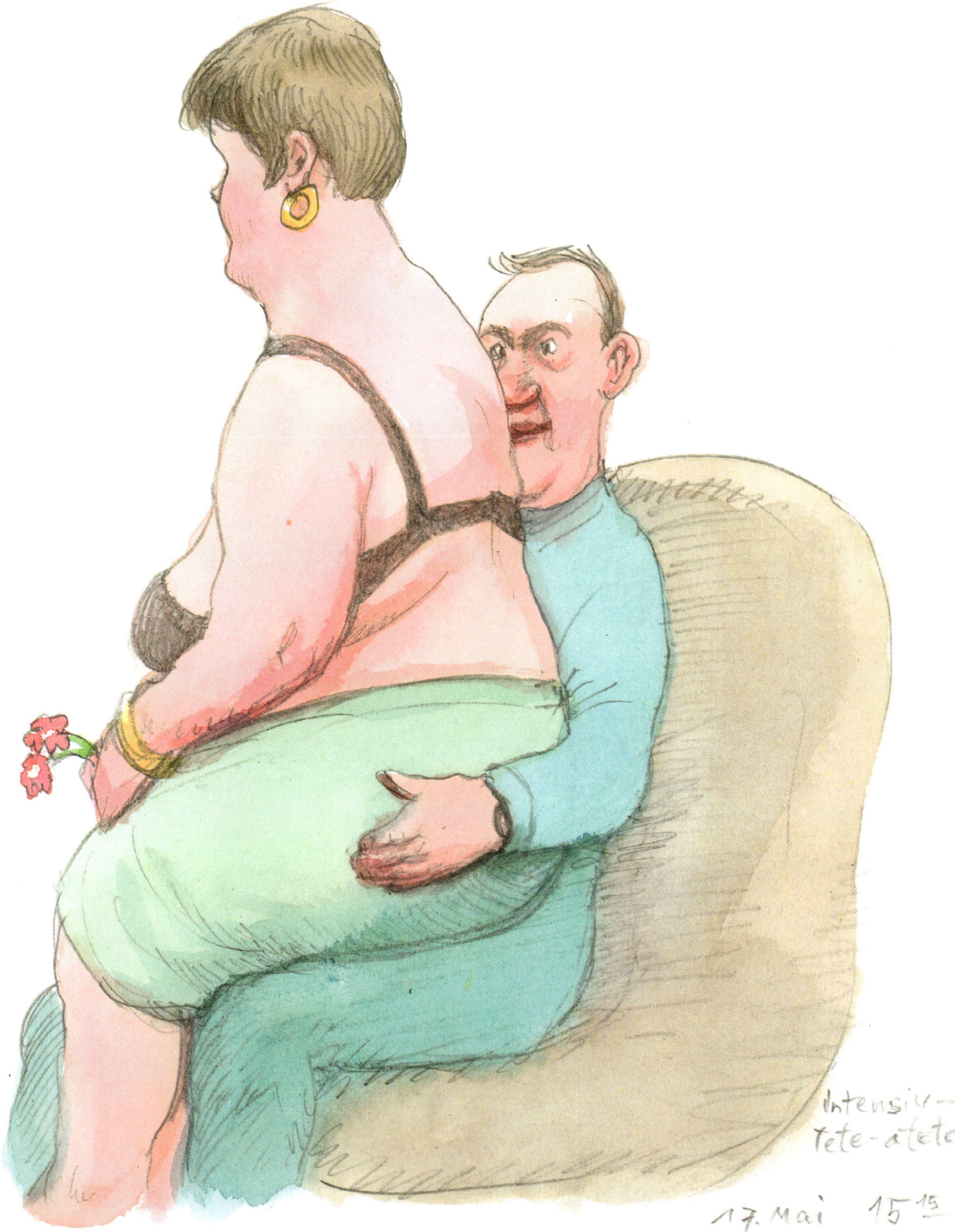
Intensiv-
Tete-atete
17. Mai 15 15

TRÄNEN DER VERZWEIFLUNG WEGEN DER VERPFUSCHTEN FRISUR

Homoerotische
Meinungsverschiedenheit
17. 5. 2013 2h früh

Sektenprediger
LUDOWIK
16.5.2013 → 8³⁰

ALLES
GUTE
KOMMT
VON
OBEN
0 15 21. April

BABY SITTER
GYMNASTIK
28. APRIL 2013

DAS WULIANTI HAT HUNGER
19. April – 5h früh

Alles OKAY?

19. April, 5h15 früh

DER DUFT
DER ROSE IST
UNERREICHT
18.4.2013

—Nachmittags—
Nickerchen

18. April 013
3h morgens

Zeit im Bild (ZIB2)
17. April 2013

Laut Arzt ist die Nase besser geworden.
17. Juni 2014

DER EICHHÖRNCHEN-IMITATOR

2013

Frankfurter
mit Senft,
sehr heikel
16. April 2013

GEFÄHRLICHER
URLAUB
AM
MEER

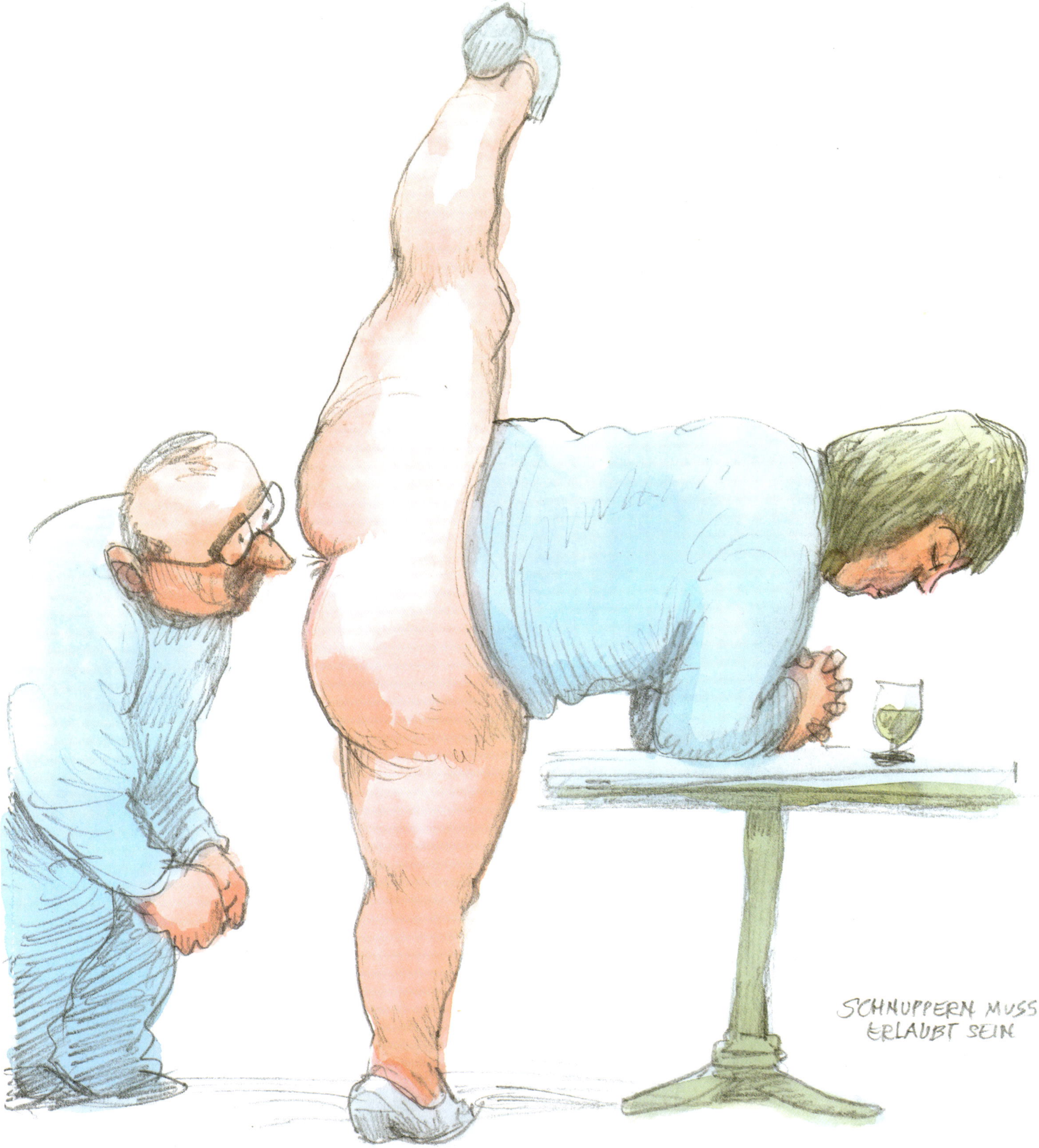

SCHNUPPERN MUSS
ERLAUBT SEIN

HERR BRABETZKY, DER ERFOLG-LOSESTE MALER ALLER ZEITEN

21. April 2013

DIE RÜCKSEITE
21. April
7 15 früh

Mann mit zu großen
Brüsten
(II)

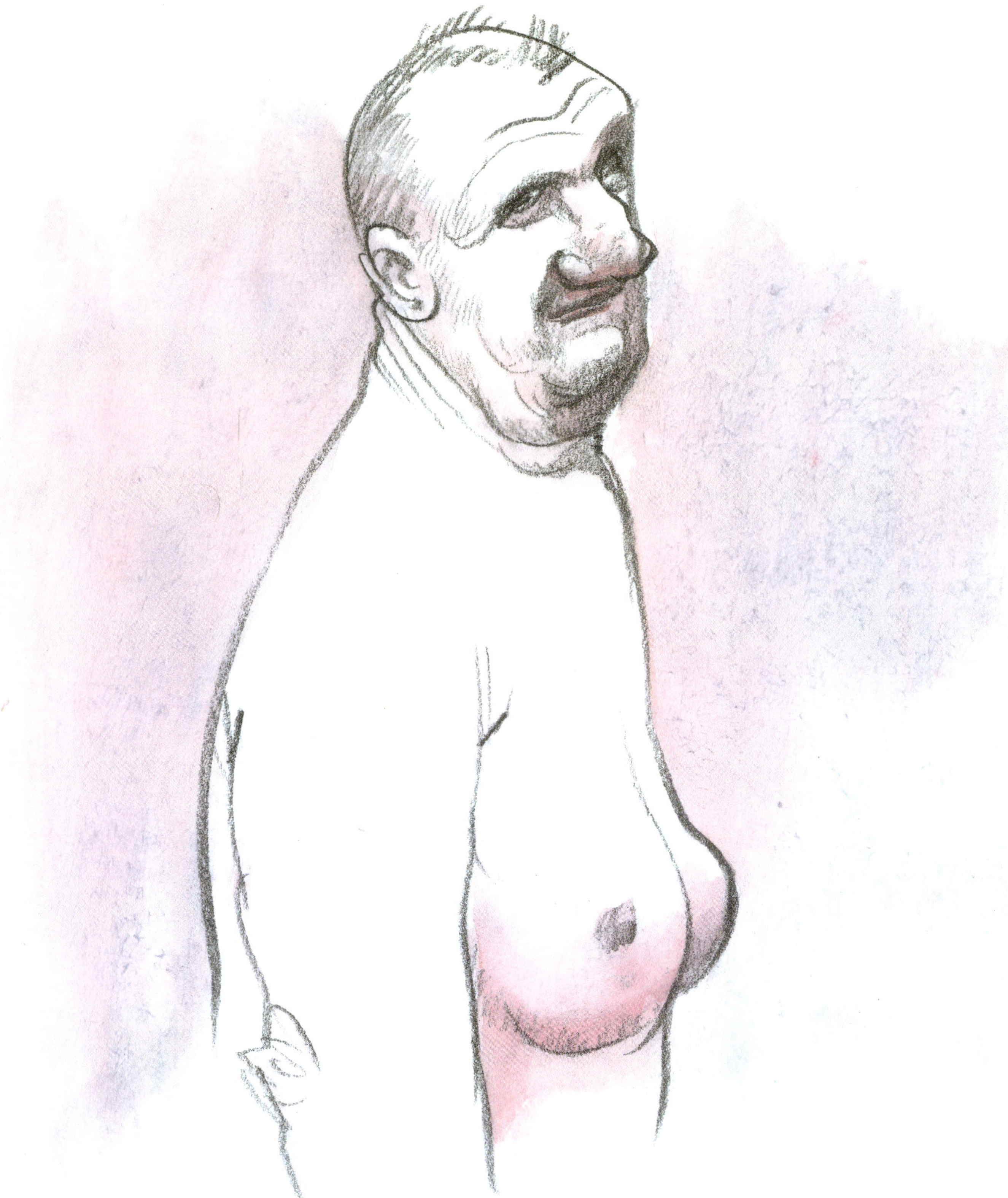

26.11.010

SIEGER & BESIEGTE

LEVI STRAUSS
FOREVER
5.12.010

SPÄTE GEFÜHLE
5.12.2010

FRANZ 10. Mai, 8h55

WIE DAS LEBEN HALT SO IST
(MAGIC MOUNTAIN)
22.12.010

— FRISCH GESCHIEDEN —

7.01.2011

AUCH ZWILLINGSBRÜDER KÖNNEN IN STREIT GERATEN
(Zwillingszwist)

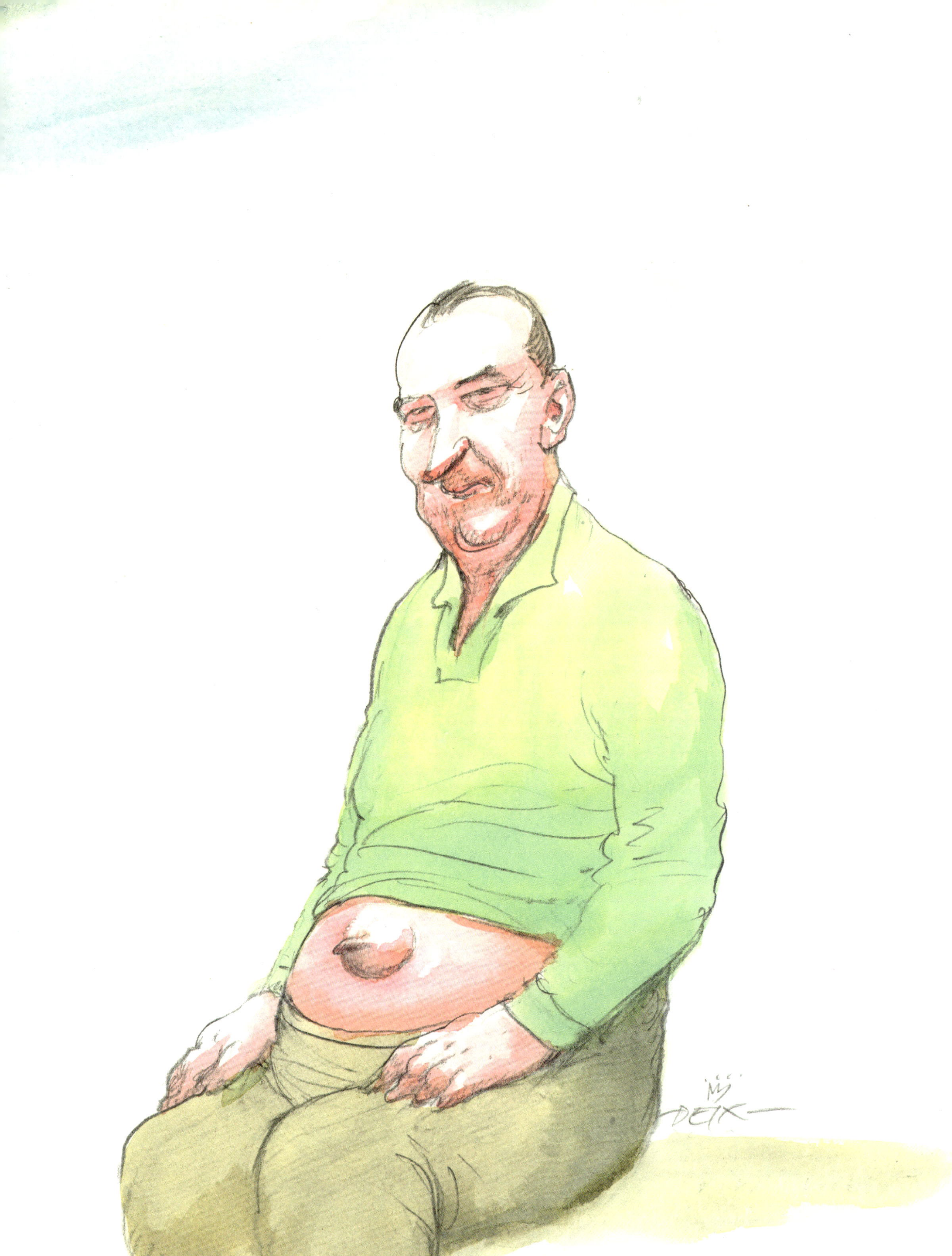

VORSICHT!

DIE DOPPELBEICHTE
17. März 2011

DER NEUESTE MINI-
FLATSCREEN-FERN-
SEHER

8.05.2011

GEDULDIGER
PIPIHENDIPAPA
— DEIX —

„Willkommen!"
Herr RICHARD
17. Juni 2014

LULU
31. MAI
2014

?
9. Mai 2013
15 40

DIE SIEGERIN
DER WAHL ZUR
„MISS
SCHOPFLERCHERL"
(VON HINTEN)
8²⁰ früh

ALTE
KAMERADEN
1. Mai 2013, 19h

Die Freude auf
den ersten BISS
1. Mai 2013, 16^{40}

Guten Morgen…
2. Juni 2014

Herr M. hat (in der Eile) irrtümlich die falschen Schuhe angezogen
26. April 2013

Herr WEBER
und sein MAXI

14. April 2013
– DEIX –

FEIERABEND

9. Februar 2011

Im Auto an der frischen Luft
13. April 2013

DEIX

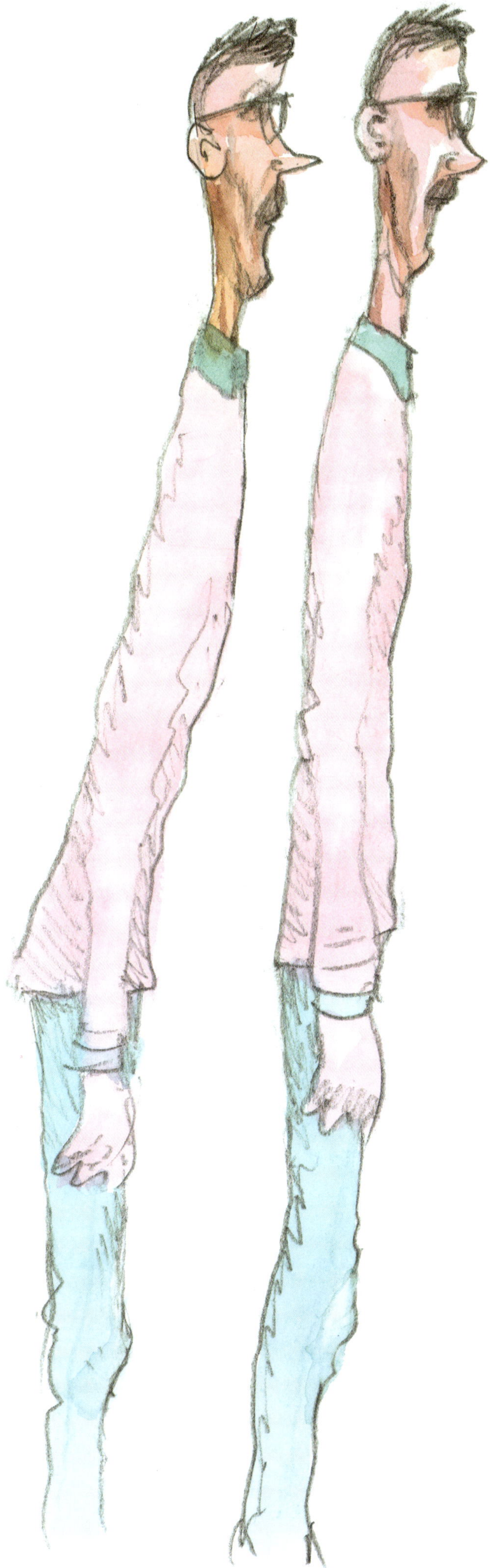

Die Gebrüder Schneider – zu schlank für diese Welt

GÜNTER

STÖRUNG BEIM
IMBISS 9.3.2013

Der Rotwein hat gesiegt

18.3.2013

Mit seiner
NASENVERGRÖSSERUNG
hat Magister STRIEBEL
maßlos übertrieben

18.03.

warum ich? 4. April 2013

Mann mit etwas zu großen Brüsten

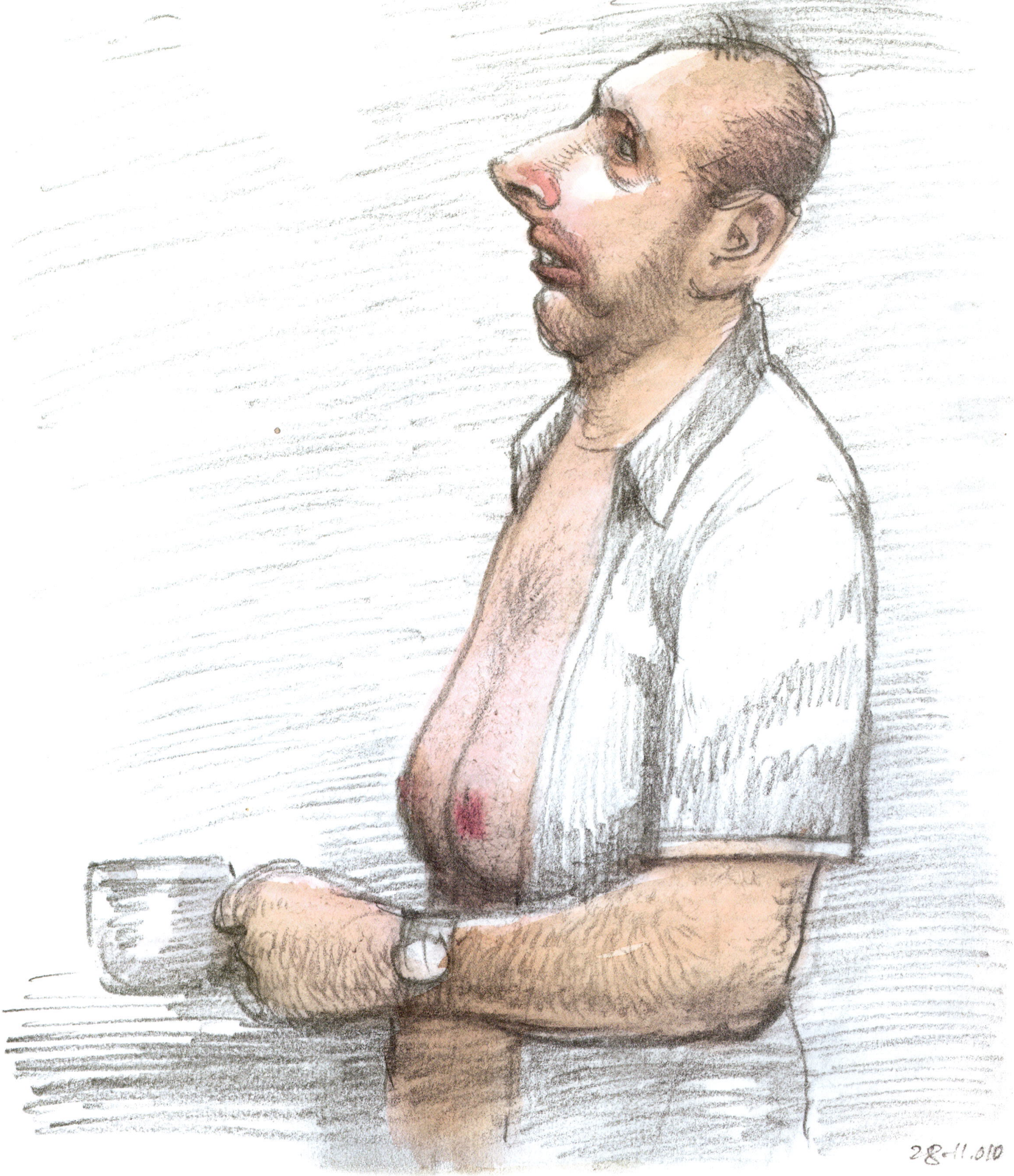

28-11.010

EIN PROST AUF DIE SCHÖNE AUSSICHT

Der traurige
HANNES
mit der großen Nase
— 2013 —

Gottes und Papa's Schutz

7. März 2014

Frau HELGA
8. März 2014

7. Juni 2014

HEUTE WAR
EIN
SCHÖNER TAG

Ein Gläschen
vom feinen
Roten
31. Mai 2014

I love you!
1. Juni 2014

Kevin ist ent-
täuscht, weil er
sich zum 14. Geburts
tag doch ein etwas
anderes Geschenk
erwartet hätte
Samstag, 5. Juli 2014

Harry
31. Mai
4 30 früh 2019

Herr ROBERT
31. Mai 2014
4^{30} früh

Der frechste Vogel seit langem
macht sich über den Kopfmann lustig
1. Juni 2014

3. Juni 2014

PIPIHENDI BRAV
6 30 früh

Alles den Tieren zuliebe 31.3.2013

Zuckermaus

ZWEI UHR FRÜH

KRANKHEITSBEDINGT IN FRÜHPENSION

8.3.2013

NASENBRAND

SMOKIN' HARALD stonewashed
18.3.2013

JUNGER KÜNSTLER
18.03.2013

Unter dem
Rotweinbrunnen
Samstag, 11. Mai 013 17^{10}

UMBERTO F., DEUTSCHER
TRÄNENSACK-CHAMPION
2012
DEIX

Hühott!
7. Juni 2013

LIEBE überwindet alle Grenzen
11.05.011

HERR WERNER UND
SEIN NEUES HEMD
0h30, 1. April 2013

KARIKATUR
MUSEUM
KREMS
Einzigartig in Österreich mit der Dauerpräsentation „Für immer Deix!“
Mit dem Codewort
„DEIX
NEUE ZEICHNUNGEN“
erhalten Sie an der Kassa
ermäßigten Eintritt
für 2 Personen!
KARIKATURMUSEUM
KARIKATUR
MUSEUM
KREMS
www.karikaturmuseum.at
KULTUR
NIEDERÖSTERREICH
KARIKATUR
MUSEUM
KREMS
www.karikaturmuseum.at

1. Auflage 2014

ISBN 978-3-8000-7604-8

Coverillustration: © Manfred Deix
Abgebildete Werke: © Manfred Deix
Texte: © Autoren
Gestaltung: schultz+schultz-Mediengestaltung
Druck: Riedeldruck, Auersthal
Gesamtherstellung/Bindung: GG Buchbinderei Hollabrunn
Umweltfreundlich gedruckt, FSC – print CO^2 geprüft

www.ueberreuter-sachbuch.at